大好文學

4

我愛雪莉小姐

高小敏——著

目錄

想要養狗，以領養代替購買

紅白娛樂製作公司董事長　高東清

　　請大家一同支持，這一本非常有意義的愛心公益書《我愛雪莉小姐》青春文學故事小說。

　　這是一本號召大家共同關懷流浪狗的小說，藉由主角流浪狗雪莉的故事，使大家更能正視流浪狗，透過這本書的出版上市，希望以後流浪在外的狗，牠們都有一個共同的名字叫做「雪莉」。

　　祝高導演新書大賣。

共同關心流浪狗

形象設計師　劉芳

第一次見到高小敏導演是在「全球旗袍人」春晚現場，做為創辦人的高導，做事嚴謹細致，周全顧大局又有廣度及深度。對待每一個人都謙和有禮低調又用心，他的儒雅與才華吸引著在場的每一個人。

這麼多年來一直在關注著他，受邀出席全國各地的大型活動，他滿滿的正能量始終都影響著身旁的人。高

導遇到任何事情，都會產生出諸多創意帶給大家驚喜，和他一起共事很舒服開心充滿愉悅。

　　這本新書《我愛雪莉小姐》是高小敏老師的第十本創作作品了，希望大家一起共同關心流浪狗，用領養代替購買，並祝賀新書大受歡迎。

喚起社會大眾對流浪動物的愛心

新女性減重學院店長　林珮君

　　剛認識小敏哥時是因為工作上的機緣，公司因為要直播並錄製宣傳影片，就要常常跟小敏哥不斷的開會。

　　而小敏哥是個很棒的製作人，從寫流程、寫腳本、準備道具、安排拍攝和工作人員都很細心的教導著我，不厭其煩的跟我說明和提醒，讓我在他身上吸收和學習到拍攝影片的經驗。

剛開始拍攝影片和錄直播時記憶猶新，我非常的緊張，畢竟自己是個素人，總擔心會不斷 NG 或是擔心演出不完美，但是小敏哥都非常和藹可親的鼓勵並稱讚我，要我不要小看自己，一定可以辦得到，非常感激他，一直不斷的給我信心。

　　才華洋溢的小敏哥又出新書了，在《我愛雪莉小姐》書中，小敏哥用小說方式呈現流浪狗的議題，希望傳達給社會大眾「用領養代替購買，愛牠就養牠一輩子」的觀念。狗兒是人們最忠心的朋友，不論我們生老病死，狗狗永遠對我們都是不離不棄的心，而我們飼主們更不能因為一己之私就棄養牠。每當我看到新聞報導被遺棄

的狗兒在原地癡癡地等待主人時，心裏頭都會酸酸的，希望這樣的遺棄事件可以減少，或許狗狗是我們生命中的一部分，但我們是狗狗的全世界。

非常希望這本小說能夠喚起社會大眾對於流浪動物的愛心，在此預祝小敏哥的第十本小說作品《我愛雪莉小姐》新書大賣，叫好又叫座，愛護動物的朋友們也要大力支持喔！

一部專屬流浪狗的迷人小說

好友　王冰冰

　　認識小敏哥已經是約莫十年前的事了，我來自澎湖小島，當時我們因錄製主持人胡瓜的節目而認識，小敏哥是節目製作人

　　就在半年後因一封過年的祝賀簡訊而有了聯繫，當時只是個黃毛丫頭的我，非常訝異也感到很開心，高小敏製作人竟然記得我耶！拜資訊科技發達之賜，從簡訊

走到臉書，我們總能無遠弗屆的關心彼此！雖然我們不曾再見過面，但小敏哥的關心與問候不曾間斷過。小敏哥總是謙虛的說叫我小敏就好！出了新書也會分享給我，寄送到手上的書會寫上幾句溫暖的文字及簽名，在小敏哥身上總讓人聯想到：「稻穗越豐實，頭便垂得越低」。

我一直感受到小敏哥是一位非常有溫度的人，他是這麼用心對待所有的人事物。我依然持續的支持小敏哥所創作出版的任何一本作品，就讓我們一起用心去閱讀這一本充滿愛心的小說！

希望大家共同關懷流浪狗用領養代替購買，一起支

持這本充滿愛心的流浪狗故事題材小說，並祝賀小敏哥第十本小說作品《我愛雪莉小姐》能廣受書迷歡迎，愛毛小孩的妳們，更應該要看這本小說。

作者序
為流浪狗而寫

　　非常開心又出新書了，我在淡水海邊的咖啡店寫了四天，創作出我的第十本作品《我愛雪莉小姐》青春文學小說。

　　謝謝大好文化出版公司發行人胡芳芳女士，全力支持文學小說出版上市。

　　這一本書的創意發想，是有一天走在台北的忠孝東路四段，看見了一隻流浪在街上的狗，我遠遠看著牠走

在人群中，是忘記了回家的路？還是被曾經深愛過的主人拋棄了？牠彷彿在找尋什麼，看著牠正在垃圾堆裡，用鼻子找尋著能夠支撐牠活下去的食物。

曾經，牠一定是飼主家中的寶貝，為什麼牠現在卻流浪在街頭？

當人們開心的花了大把金錢，去寵物店買了想養的狗，是否真的把牠當成是家中成員一份子而不離不棄？養牠不就是應該要養牠一輩子，而不是不想養了便隨意丟棄任其自生自滅，流浪在街上的狗，心中一定還是想著主人的。

所以我想用小說的呈現方式，來宣導正視流浪狗的

問題，用領養代替購買，養牠就養牠一輩子。

　　小說主角雪莉（瑪爾濟斯），即將要被安樂死，被前來流浪狗收容中心的女主角愛莉救下領養，人狗之間發生一連串感人溫馨的遭遇，希望藉由流浪狗雪莉的故事，傳達正確飼養寵物狗的觀念。

　　因為喜歡創作，靈感一來總共用了一〇七天寫了六本青春文學原創小說：《我愛・機車男》、《愛在・桃花盛開的日子》、《假如・我是一個月亮》、《我愛雪莉小姐》、《我的 8 號女友》、《阿囉哈！娜娜》原創 IP 小說作品。

　　謝謝大家支持《我愛雪莉小姐》，一起共同關懷流

浪狗，宣導用領養方式代替購買來飼養寵物狗，我將會持續創作文學小說與書迷一同分享。

　　從現在開始，全球流浪在街頭的流浪狗，牠們都有一個共同的名字：「雪莉」。

我愛雪莉小姐

故事大綱

北漂女孩愛莉來到台北生活工作，在被男友拋棄、療傷時，到流浪狗收容中心領養了一隻差一點要被安樂死的狗，取其名為雪莉；被人類棄養流浪在外的雪莉從此不相信人類，與愛莉相處後，愛莉與雪莉再也離不開彼此。

　　愛莉在魚店工作時，老闆百般刁難，雖然有一份薪水能夠支付生活所需，但工作不快樂，幸好有小張的幫忙，找了很多魚友來店裡買魚，但最終還是被老闆開除。

　　身為富家子的小張，喜歡養魚，但不懂魚也不會養，經由愛莉的教導，慢慢成為養魚玩家，並把這一切都告

訴了富爸爸。

被魚店開除的愛莉，來到志玲姐姐的店，聽了愛莉沒工作後，不動聲色的找愛莉來店裡上班，這一切愛莉都放在心裡。

參加了第一屆狗小姐大賽冠軍的雪莉，身價水漲船高，愛莉宣佈把獎金十萬元捐出給真正在做善事的公益團體：流浪狗之家。

志玲姐姐的寵物餐廳天天客滿，都是來看愛莉與雪莉的，雪莉得獎的冠軍獎盃成為了鎮店之寶。

魚迷小張原來是房地產太陽集團富家少爺，喜歡養魚卻不懂魚。經由愛莉的教導，學會了養魚，小張秘密

地進行一個計畫：創辦愛莉與雪莉水族館，並找來了愛莉擔任 CEO，把正確的養魚資訊及觀念，教導給第一次養魚的魚迷。

我愛雪莉小姐

角色分析

李愛莉

女一 二十二歲

單身獨居、善良、愛恨分明、可愛大方、喜歡小動物、水族館店員

　　單身獨居善良的愛莉，在水族館上班，非常喜歡小動物，看著其他朋友都有寵物，自己也想買一隻狗來養。去寵物店要買狗，沒有看見喜歡的，想到可以用領養代替購買，跑到流浪狗收容中心想去認養狗，挑到差一點馬上要去安樂死的雪莉。本來運氣不是很好的愛莉，自從雪莉進入她的生活後，一切慢慢改變，人緣變好，工作也順利了，經由雪莉，與獸醫師周文杰熟了起

來成為好友。愛莉帶著雪莉參加由狗友會主辦的第一屆狗小姐選美大賽，雪莉得到第一名。

本來魚店的生意不好，愛莉帶著雪莉來魚店上班後，生意越來越好，成為魚店活招牌；現場直播雪莉的一日店長活動，吸引了五萬人線上觀看，許多人來魚店看雪莉及買魚，水族館因此開始盈利賺錢，本來差不多要面臨倒閉的魚店，重新站了起來，因為雪莉的加入而生意興隆。想成為一家良心水族館，愛莉舉辦魚友會活動，教大家如何養出漂亮的魚，成為公司最重要的推手。

雪莉（狗 · 瑪爾濟斯）

女一　流浪狗　一歲

　　雪莉被收容在流浪狗中心，被繩子綁住脖子、正拖往準備去執行安樂死地點的車上，幸遇愛莉來現場挑狗，挑上了正要被安樂死的雪莉，救了雪莉一命。

　　雪莉被領養來到愛莉家，從陌生慢慢成為習慣，原本對人類不相信、擔心、害怕，經過與愛莉的相處後，雪莉再次相信人類的善良，雪莉與愛莉展開一連串幸福快樂的奇妙旅途。一次的逃家被住在附近的周獸醫撿

到，雪莉想要促成愛莉與周獸醫交往。

　　雪莉得到狗小姐大賽冠軍，受到廠商邀約，擔任代言人，拍廣告，成為一隻明星狗。

周文杰

獸醫　男　三十歲
一位具有愛心的獸醫師

　　雪莉一直咳嗽、流鼻水，得了感冒，愛莉帶去附近的獸醫院而認識了獸醫周文杰，病好後的雪莉，每次愛莉帶雪莉去公園玩，雪莉就會拖著愛莉往周醫師的診所去，雪莉也與店裡一隻叫美美的吉娃娃成為朋友，雪莉逃家跑到診所找美美。

　　焦急的愛莉找了一晚上，文杰打了電話給愛莉，喜出望外的愛莉趕快來到診所，才知道原來雪莉跑來找美

美……。狗也有生老病死，美美得了肝炎，住院期間雪莉天天來到診所陪美美，周獸醫終於救活美美，美美又恢復了健康。

　　文杰舉行愛心公益計畫，毛小孩免費健檢活動，邀請雪莉擔任活動愛心大使。

潘嘉嘉

女、狗友會會長、
寵物美容店老闆、愛狗人士

　　嘉嘉是一位具有愛心的愛狗人士、狗友會會長，並且舉辦第一屆狗小姐選美大賽，受到愛狗人士一致支持，因為喜歡狗，所以開了一家寵物店，店裡的小狗都是在路上撿來的流浪狗，經過治療、結紮、美容後，小狗脫胎換骨成為漂亮小狗。

　　只要碰上真心想養狗的人，一律不用錢購買可以用領養的，店裡有販售飼養寵物狗相關的用品，以維持店

裡基本開銷，嘉嘉與愛莉成為好友，常常舉辦毛小孩愛心活動。

朱老闆

男 （愛莉老闆）
典型生意人、水族館老闆、自私自利唯利是圖

　　朱老闆的水族館正缺人手，錄取了正在找第一份工作的愛莉。他是典型的生意人，只要客人來魚店裡，一律介紹最貴的魚，連第一次養魚又不會養魚的客人，也會介紹買最貴的器材、最貴的魚，服務態度又不好，因而在社群負評不斷，生意差，放手給愛莉後，生意漸漸起色。

錢志玲

女
寵物餐廳店長

　　志玲姐姐是愛莉友人,在寵物餐廳工作。

　　與愛莉無話不談,一天晚上,愛莉想要養狗,來問志玲,志玲告訴愛莉,如果要買狗要去寵物店挑,各種類型的狗,價錢都不一樣;如果想不要花錢領養,可以去流浪狗收容中心或看看誰家有不要的狗,就因為這一句話,在流浪狗收容中心,愛莉與雪莉相遇了。

張少（小張）

魚迷、富家子、房地產董事、喜愛養魚

　　喜歡養魚，與愛莉結緣在魚店，成立魚友會，號召魚友去支持愛莉，漸漸成為好友，愛莉被魚店開除後，張少秘密進行一個計劃，最終張少號召富爸爸與志同道合一群年青人與愛莉合作開了一家「愛莉與雪莉」的水族館魚店。

我愛雪莉小姐

原創小說

熱鬧的電音舞曲播放著……

KTV 正播著失戀情歌〈領悟〉……這首歌是誰點的，是愛莉點的，我想她又失戀被臭男人拋棄了。

啊！多麼痛的領悟，你曾經是我的全部，

只是我回首來時路的每一步，都走得好孤獨……

愛莉流淚唱著又一次再次失戀的主題曲，每次失戀就會號召姊妹淘去 KTV，K 歌療情傷……。

愛莉，這是妳第幾次的失戀了？第九次了，每次都是被拋棄，真是苦命，每次交往的男朋友不會超過三個月……我們所有姊妹們舉杯，祝我們善良可愛，青春無

　　　　　　　　　　　　　　　　　　我愛雪莉小姐

敵美少女愛莉，……「失戀不可怕，可怕的是無法從失戀的痛苦中站起來」，「今天的失戀，造福明天的美好」，祝愛莉下一個男人會更好。

　　愛莉來到民權東路上的水族一條街，逛著熱帶魚店，想買魚回家養，看見了一隻魚真是漂亮，現場問了店員，請問這是什麼魚？

　　這是泰國鬥魚，店員問愛莉有養過魚嗎？愛莉回答沒養過，這種魚只能養在單獨的缸，不能與同類混養，會互咬、打架，養這種魚很簡單，也不需要買大的魚缸，也不用買空氣幫浦，只要一個家裡的小杯子就可以養

了，最大可以長到八公分左右。

一隻多少錢？五十元一隻，妳要什麼顏色？我買紅色的一隻，店員挑起紅色鬥魚，給了愛莉，愛莉付了錢後，還在諾大的魚店逛著。

店員正在與魚店老闆吵架……。

魚店朱老闆瞪著店員，妳是怎麼做生意的，只進帳五十元，買這條魚的人會不會養魚，客人她不會，那就是不懂養魚，不懂養魚的人，妳就要介紹她最貴的養魚器材，叫她買紅龍魚。老闆，客人不會養還介紹她養最貴的魚紅龍？

管她的，只要魚店賺錢就好！

這是什麼魚店？如此不負責？店員說著應該針對客人預算、喜好來介紹才對。我是老闆，妳聽我的就對，我付妳錢是叫妳來上班為公司賺錢。哼，這種公司不幹也罷！店員氣著走人。妳不要做了，妳被開除了，薪水月底匯妳帳戶。走就走，什麼爛魚店，祝這家爛魚店早日倒閉。

　　正在角落一旁看紅龍魚的愛莉，聽得一清二楚，這個五十元大事件，是與自己有關，趕快把魚放在背包裡，愛莉正想走出去大門口，老闆拿著早已準備好的招人紅單貼在魚店大門口。魚店招店員，經驗不限，只要肯學一個月二萬六千元，月休四天，老闆一貼完回到座

位上，正喝著烏龍茶。愛莉覺得自己可以來魚店上班，每天對著這麼多漂亮的魚多好，而且又是經驗不限，意思就是不會沒關係，肯學就好，又有二萬六千元薪水，不錯、不錯，挺好的工作，最重要的是離家近，可以省下交通費。

老闆，我要來應徵店員，愛莉說著！這麼快就有人來應徵，老闆看著。才剛走了一位員工，去者不留，來者不拒，妳叫什麼名字？我叫李愛莉！老闆。

妳有做過水族館工作嗎？我沒有做過，但是我非常喜歡小動物及熱帶魚，我肯學不怕辛苦，肯付出又聽話，可以為公司創造更多的利益……。

正在看帳目的朱老闆停下筆……。

這一句話不錯，我喜歡，再說一次……我喜歡小動物。

不是，下一句，李愛莉，我知道，下一句，肯付出又聽話，可以為公司創造更多的利益，對，就是這一句話……。

妳被錄取了，明天早上十一點開始上班，晚上八點下班，薪水二萬七千元，月休四天，妳叫我朱老闆就好。

謝謝朱……老闆，愛莉妳想稱呼我的時候，麻煩「朱」這個字，不要拖尾音，不然我會覺得妳正在罵我。

知道了朱老闆。薪水不是二萬六千元？怎麼多一千元？

表現得好我就會加薪，我喜歡，妳管我加不加薪，我是老闆妳是員工，謝謝朱老闆，明天上班，妳可以走了，回去準備。

走在回家路上的愛莉。我只是買了一條魚花了五十元，莫名其妙找到一個好工作，還沒開始上班，就加薪了一千元，這位老闆真是特別。

回到家的愛莉，找了一個果汁杯，裝了水養著鬥魚，什麼也不懂的愛莉，去書店找了養熱帶魚的魚書：《第一次養魚就上手》連夜惡補，認識熱帶魚的名字及習性。雖然

我不懂，但我學總可以吧？

　　一早十一點愛莉進魚店報到，朱老闆已在魚店招呼客人，朱老闆示意愛莉在旁學著如何介紹器材及魚種，愛莉看著老闆如何說服客人成功賣出價格昂貴的水族器材，又賣出一隻昂貴的紅龍魚，店裡只剩下一條了，會計接了客人的卡刷了十二萬元，真佩服老闆的功力。

　　愛莉不錯，妳第一天來上班，一大早公司就賣了十二萬元，妳會旺公司。

　　今天妳第一天上班，由我來親自帶妳，記得先介紹店裡的魚：

這一區是比較貴的魚，只要客人要買魚，就先帶來A區。

A區的魚有紅龍、七彩神仙、羅漢、虎魚、火箭（貴的）。

B區的魚有鬥魚、日光燈、斑馬、四間、孔雀魚（便宜的）。

B區的魚都是便宜的小魚，一隻都二十至五十便宜貨，客人一來一律往A區帶，這是器材區，上面都有標價，往貴的開始介紹，妳每天學一點就會了。知道了老闆，現在有客人來了，妳快去招呼。

門口來了一位女老師，帶了一群小學生來參觀魚

店，愛莉按照老闆指示的SOP（標準作業流程）介紹一遍，從A介紹到B，並自作主張的問了女老師，有養魚計劃嗎？老師說有的，要買適合小學生養的魚，小學生不可能買紅龍吧！愛莉心想著，B區的魚比較符合小學生養。老師，鬥魚不錯，好養又便宜，用小杯子就可以養了，又不用買空氣幫浦，一隻五十元就可以養了，魚餌料一瓶五十元，可以吃很久，養這個魚，小朋友可以輕鬆養。好，我買這個。愛莉心想，看著小朋友現場有六位，公司進帳六百元。我訂八百隻鬥魚，老師說著，多少？八百隻……愛莉一臉驚訝。我是隔壁小學的校長，八百隻魚，後天可以送來學校，這是訂金壹萬元，

店員小姐，校長，妳叫我愛莉就可以，謝謝，愛莉，介紹得不錯，很詳細，又會針對客戶需要來做建議。

　　老闆，這個客人要買鬥魚，又是鬥魚，B 區的便宜貨，一隻才五十元，能賺什麼？老闆一副不耐煩的表情。老闆，客人要買八百隻，及八百瓶一瓶五十元的飼料。朱老闆拿著計算機算帳著，八百乘一百等於八萬元，愛莉，好樣的，才上班不到一小時，就為公司賺進八萬元，妳真是會旺老闆。

　　老闆這是訂金壹萬元、這是地址，是附近小學買的魚，後天要送去學校，好，我趕快叫貨。

晚上下班回家，獨居在家裡，一人飽全家飽的愛莉，正看著《動物奇觀》節目，正在介紹狗，哇！這一隻狼狗真大隻，養了牠不聽話，主人不就會被咬，真危險。打電話問志玲好了！喂，志玲姊姊，愛莉喔！什麼事？我問妳，養什麼狗比較好，要看妳什麼用途？志玲說著，要看門的買大隻的比較好，如果只是想抱一抱玩一玩，買小型犬較合適，要去寵物店挑，妳要買多少錢的？有的狗一隻要十幾萬。這麼貴？愛莉吐著舌頭表情很驚訝。幾千塊、幾萬塊都有，如果是要不用錢的，也可以去流浪狗收容中心或問問誰家的狗不要了，才會有狗。每個月還要準備一筆飼料錢，妳有養狗嗎，志玲姊

姊？我在毛小孩餐廳上班，天天與狗碰面，還養狗，我沒養。與我一樣天天與魚碰面，家裡也沒養魚，一個人住，養條狗陪伴也不錯，找時間去找妳喝咖啡，志玲姊姊……。

好，等妳，愛莉。

愛莉一早就來到了浪流狗收容中心，吃著雪花冰走到櫃台。小姐，我想要領養狗，小姐，請先登記資料……，寫好了，我帶妳進去看。

這裡有很多收容的狗。工作人員介紹著這是狼狗，這是聖伯納、黃金獵犬，也有小型犬，愛莉看著這麼多

的狗，竟然都是不要的，牠們到底發生了什麼事，為何被人類棄養？一走進來，汪汪聲不斷。是對人類的抗議？還是歡迎我的到來？每隻狗的眼神彷彿在告訴著我：選我、選我，連昂貴的紅毛貴賓這也有。

小姐，妳有看到喜歡的狗嗎？

還沒有。

愛莉走了一大圈，看了很多狗，前面一位穿便服的男子，用力拖著脖子綁住繩子的白色小狗，小狗不情願的被拖著走。當拖到愛莉身旁交錯時，愛莉看著小狗一眼，而小狗眼睛流著淚看著愛莉，彼此擦肩而過；這隻狗正在被拉上車而汪汪叫，愛莉覺得這條狗如果被好心

人領養了，應該是開心的汪汪叫，跟著新主人去過好生活才對，怎麼感覺很不情願？請問剛剛在叫的小狗是被領養走了，怎麼叫不停？管理員說著：不是被領養走，這條白色母狗在這已經很久了，沒有人領養，現在馬上要送去安樂死了。什麼死？沒有人來領養就會安排安樂死？我要養，我來養……愛莉大聲的說著。

　　管理員指著前面的車，來不及了，車開走了，愛莉快跑追了上去，用身體擋住了車子，司機緊急煞車住，差點撞上了愛莉。

　　小姐，妳確定要認養這隻狗？上氣不接下氣的愛莉

　　　　　　　　　　　　　　我愛雪莉小姐

正喝著水、滿身大汗，看著地下的小白狗。對！我要養，請在這填上資料，工作人員說著。

小狗面無表情坐在地上，愛莉蹲在地上與小白狗說話，小白，別怕，摸著狗頭說著：已經沒事了，走！跟我回家。

以後跟著姊混，我養妳一輩子，妳要叫什麼名字呢？小白、小花？我想一下。

妳是我在吃雪花冰時認養的，我叫愛莉，妳是女的，不然妳叫雪莉好了。雪莉小姐！我們回家。

摸著雪莉的頭，彷彿就像是懂得人話一般，雪莉跳了起來，猛搖尾巴。

雪莉一直看著愛莉，汪汪叫了起來……走，雪莉，我們回家，先帶妳去寵物店。

　　愛莉來到了友人嘉嘉開的寵物店。愛莉，妳什麼時候開始養狗的，就剛剛六十分鐘前，這隻狗叫雪莉，是去流浪狗收容中心領養的，這隻狗正要被送去安樂死，剛好被我看見，就領養下來了，我也不知道是什麼品種的狗。

　　這種狗叫瑪爾濟斯，原產於馬爾他島，很乖，很好養。活潑可愛的瑪爾濟斯很適合女生養，妳先幫我處理美容一下，洗個澡、剪個毛，餵牠吃東西，牠叫雪莉，

是母的，我先去上班了，下班後來接牠，看多少錢再跟妳算。愛莉，妳先去上班吧！下班後再來接雪莉。

　　愛莉看著雪莉。妳要乖乖的，在這先做一下美容休息一下，他們等一下會給妳吃飯，我先去上班，等一下就回來接妳喔，不要害怕，愛莉安撫著雪莉……

　　雪莉以為主人愛莉又不要牠了……。

　　愛莉在魚店上班忙了一整天。老闆，我下班了，先走了，老闆正在與友人泡茶聊天。妳走吧，明天早上十一點七彩神仙魚會進貨，可以早點來魚店，上班別遲到了，遵命老闆，明天見。

一下班，愛莉騎著機車就忙著往寵物美容店跑。嘉嘉，我來了。妳的雪莉中午飯也不吃，晚餐也不吃，可能在想主人了。嘉嘉叫員工把雪莉帶過來……。這是我的狗雪莉嗎？怎麼這麼漂亮，早上還全身髒又臭，全身是毛，現在真的像一隻昂貴又有貴氣的小狗，雪莉……。

　　汪汪汪……雪莉不停的黏著愛莉叫了起來。愛莉，這些狗食妳都帶回去，狗屋、狗衣、繩子，養狗最基本的生活配備都給妳。給妳錢，嘉嘉全部多少？不用了，通通不用錢，都送妳，美容錢也不用，聽到妳從收容中心救出這隻狗，我真是很感動，沒有妳愛莉的出現，這

隻瑪爾濟斯母狗已經被安樂死了，妳們有緣份。以後雪莉就是我乾女兒了，來這都不用錢，好不好，雪莉？汪汪汪，牠在說謝謝，狗是懂人話的，有七歲小孩的智商。謝謝嘉嘉，快回去吧！雪莉，給乾媽說再見，汪汪汪汪……，喔，對了，妳有帶雪莉去看獸醫嗎？

沒有，我介紹妳一家獸醫院，妳去約時間，一定要帶雪莉去檢查身體及打疫苗，這是名片，一定要帶過去。

回到家的雪莉餓壞了，低著頭狼吞虎嚥吃著飯。愛莉在旁邊看著，不發一語的看著雪莉。看得我也餓了，那就吃個泡麵好了，就這樣屋子裡都是泡麵香味。

雪莉這一晚，睡得特別安穩……。

隔日早上已起床的愛莉發現雪莉還在睡，可見有多累，準備了自己的早餐牛奶加麥片，吃了起來，看著手機上的娛樂新聞報導，男明星與女明星的八卦新聞，總是受到大家的關注。

汪汪汪……。

妳起床了喔！雪莉，早安。

我弄吃的給妳……。

吃這個牛肉罐頭的，蠻不錯的，汪汪……。

愛莉抱起雪莉。雪莉，媽媽等一下去上班，中午再

回來找妳，午餐、晚餐都會回來，還好魚店就在附近，可以回來陪妳一起吃飯，妳在家要乖乖的，汪汪……汪汪……。

這邊都有水還有吃的，這是骨頭玩具，可以玩，等我回來喔！乖乖的……汪汪……汪……。

雪莉看著愛莉的背影……汪汪……。

愛莉在魚店準備七彩神仙魚的進貨，老闆告訴愛莉，這一批七彩神仙魚，電光藍松石有五百隻，下午陸續會有其他魚店來拿貨，知道了老闆，愛莉妳要做筆記。

七彩神仙魚種類很多，有藍鑽石、黃金神仙、藍七彩電光藍松石……等，多達十種以上，是一種高級鑽石魚種，售價高，養這種魚水溫要控制在二十五至二十八度之間，喜歡吃活餌紅蟲，挑選時要先觀察魚身是否健康有精神，再看看魚的外型、顏色、眼睛，是否清澈明亮。飼養這種魚一定要少量多餐，不可一次餵太多飼料，以免水質惡化，可以與小型老鼠魚混養，不可以與任何小型魚混養，尤其是小隻的日光燈，會被一口吞下去。大魚都不可與任何小魚混著養，如果混養小魚早晚都會被吃掉，肉食性與草食性魚也不要混養，知道嗎？

　　知道了，老闆……。

妳看，這五百隻七彩，一下子魚缸就全滿了，店裡只留一百隻在Ａ區銷售，其他四百隻賣給其他魚店。中午吃飯，妳先去用餐，下午會很忙，好，老闆，我先出去吃飯，等一下回來店裡，……走回家的愛莉帶著排骨便當想著，對喔！還要去找獸醫，名片丟哪了？回去找。

　　汪汪汪……才走到門口已聽見雪莉在叫了……。

　　雪莉，媽媽回來了，汪汪汪……。

　　我先找一下名片，要帶妳去看醫生……，放在什麼地方呢？

　　找到了，周文杰獸醫，愛莉去電。嘟……嘟……嘟

……。喂，請問是周醫師嗎？我是嘉嘉的朋友，我叫愛莉。

喔！嘉嘉的朋友，妳家的毛小孩怎麼了？領養回來好幾天，都還沒有來醫院檢查，趕快來檢查，妳明天早上九點帶過來，十點後我客人會很多，妳先來看，好的，謝謝周醫師，明天我帶狗過來。

雪莉，明天一早我們要去醫院看醫生了，我們先吃午餐，吃完後，我還要去魚店上班，下午會比較忙，吃吧！

汪汪汪……。

雪莉看著愛莉，愛莉弄了一些排骨肉給雪莉，味道

不錯吧？這家的排骨便當最好吃了，媽媽中午都吃這家的便當。

汪汪汪⋯⋯。

雪莉快吃，吃完了我們要去看醫生。⋯⋯吃完了，汪汪。好，走，⋯⋯雪莉蹲坐在愛莉的機車踏板上。

就是這家，櫃台先登記資料，妳是什麼時候生日的，愛莉看著雪莉，我是三月一日第一次與妳碰面的，以後這天就是妳的生日了，雙魚雪莉小姐，小姐登記完後，請在等候區等候⋯⋯。

八號雪莉！太早起床的愛莉，不知不覺睡著了，雪

莉汪汪叫，八號雪莉。汪汪……，到妳了雪莉，走，給醫生看。

周醫生好，我是嘉嘉的朋友愛莉，就是妳，妳好。

妳的狗怎麼了？才剛從收容中心領養回來的，還沒弄晶片，也還沒有打針，好，先檢查身體，有一點皮膚病。

今天先處理晶片及打狂犬病疫苗，妳的瑪爾濟斯，不要餵太飽，以八分飽為主。什麼是八分飽？就是狗在短時間可以吃完主人準備的食物，如果牠吃完了還一直看著空碗，汪汪叫，就是吃不飽，每餐放太多吃不完，就是吃不完，藉此了解狗的食量大約在什麼位置，一天

　　　　　　　　　　　　　　　　我愛雪莉小姐

分早上與傍晚各餵一次，準備多種營養狗糧交替給予，狗千萬不能吃的食物，妳可以記一下寫下來。

洋蔥會引起血尿、貧血、黃疸等中毒症狀。花枝、章魚、香菇會引起消化不良。像女生最喜歡吃的巧克力，更不能給狗吃。會引發尿失禁與痙攣，妳每天有帶牠出去散步嗎？

妳是做什麼工作的？每天要帶狗出門動動。我在水族館上班，還沒有帶雪莉去散步過。狗與人一樣，也是需要運動的，最好有空一天帶出去散步三十分鐘到一小時，記得要綁著狗繩。好，妳先在外面等候，我先處理晶片及打狂犬病疫苗。雪莉乖乖的，留在這，等一下妳

要打針了，愛莉安撫著雪莉，愛莉抱起了雪莉，雪莉彷彿自己知道等一下要打針，腳與身體竟不由自主的抖了起來。

妳先出去一下。雪莉上了手術台，挨了一針，汪汪叫了很多聲，愛莉在等待區看著雜誌等著。一小時後……。雪莉的主人，愛莉妳這幾天要觀察雪莉的食慾，一個月洗二到三次澡，看要在家自己洗，還是帶來這洗，都可以，這裡也有寄宿服務，這是我的名片，有事就打電話來，瑪爾濟斯很好養的，主人要多陪伴寵物，謝謝周醫師。下一位……九號……。

愛莉與雪莉回到了家。雪莉，妳剛剛打針應該很痛吧？我在外面都聽到妳汪汪的叫。也是啦！誰不怕打針，連國際巨星成龍，功夫了得，最怕的事，就是怕打針。妳先休息，我要去上班了，中午我不回來，我放一些妳愛吃的食物在碗裡，我晚上傍晚再回來餵妳，在家要乖乖的知不知道，汪汪汪……。我走了，去上班囉！

　　愛莉在店裡看著養魚書，看到老闆來趕快把魚書藏起來。愛莉，老闆好，我教妳一些養魚資訊，妳才能教客人如何養魚，要做筆記，天天學一點，妳就是養魚達人了，當客人在家想要換水、打掃魚缸，如何給予安全

用水。

一定要加上水質穩定劑，不是放完自來水就沒事了，不放穩定劑，魚要怎麼健康的活下去！

什麼是穩定劑……？

穩定劑就是可以馬上把自來水轉換成魚隻用的安全用水，用新的生物配方，含天然生物聚合體，可以幫助過濾菌的成長，把水源轉換成健康的水質，穩定劑可以創造出如同魚隻及水草天然原生地的水質，中和自來水中對魚隻有害的物質，可以形成保護魚體的保護膜。

目前銷售的穩定劑，大約是每十公升水可以添加十cc的水質穩定劑，每個廠牌不同，要先看說明書。

妳懂了嗎？

懂了，老闆。

有客人來了，妳先去招呼，記得帶客人去 A 區推銷貴的魚。

來了一對年輕夫妻。請問有養過魚嗎？愛莉問著。沒有，不太會養，想來買魚，我先帶倆位客人參觀，這裡是 A 區，屬於比較高單價的魚，大型魚居多，B 區，以售價平易近人為主的魚種，比較適合您這種第一次養魚的客人，您喜歡大型魚還是小型魚，要養肉食性，還是草食性魚種，愛莉建議養大小魚種，魚缸要買適合魚的型號。

要想養在家裡什麼位置？想好後來魚店買配備及想要養的魚。

　　這區是魚缸區，您可以買二尺的整套魚缸上下層，這一套含有所有配備，砂、空氣幫浦、燈、穩定劑，不含魚，現在公司打折，售價二萬元打折後一萬四千元，很便宜，這套適合您，魚我再來配，比較喜歡肉食還是草食性的魚？老公，我們養草食性的魚，好，建議倆位可以養一群神仙魚及老鼠魚，會很漂亮，我們會幫您送貨，安裝及教您如何養，又送一年二次免費洗魚缸服務。老闆我買魚預算一萬元，交給妳來安排。

　　謝謝！先生請來櫃台買單……。愛莉一路送客人到

門口，謝謝再次光臨！

老闆，公司又進帳了二萬四千元。

客人是第一次養魚，愛莉妳介紹什麼魚給他們，是A區的魚嗎？

是B區的魚，他們第一次養魚，根本不會養，不適合A區。妳管他會不會養，賣最貴的給客人就對了，魚養死了，再來買魚，店裡不就又再賺一次錢。

老闆我覺得做生意並不是這樣……。如果他不會養紅龍，買回去沒多久養死了昂貴的魚，客人不就很沒有成就感，可能就會不想養了。養魚是樂趣，魚都死了，哪有什麼樂趣可言？魚店應該培養養魚的魚迷，一步步

的進階，養出了經驗與樂趣，就可以挑戰養昂貴適合自己的魚種，每一個客人預算不同，我覺得應該以客人的預算及需求來做服務。

我是老闆，我要的就是錢，我不管客人會不會養，一律往 A 區去。老闆那 B 區誰買？應該視客人需求，A、B 區挑魚……愛莉與老闆，兩人為此意見不同，但身為員工的愛莉能怎麼做，今天的情況，不就是與第一天來店裡，看見前員工現場與老闆大吵一架後離職的情況一樣嗎？

愛莉只好妥協，除非不幹了，上有政策，下有對策。老闆在場時，就介紹 A 區，老闆不在時，就按照自己的

方式銷售，A、B 區，在老闆的眼裡，只有 A 區的魚才會賺錢，看不上 B 區的小型魚，殊不知大量的小型魚出售，收入也是很可觀的。

　　這一天，愛莉發現了一件不可置信的事情……。

　　老闆，你店裡這有這種魚嗎？

　　客人拿來一張魚的相片，愛莉正在清洗魚缸，老闆招呼了客人。有，這種魚，我店裡有，這種魚叫飛燕，年輕人應該養大型兇猛魚，肉食性的才適合，養小型魚幹嘛！紅龍不錯。老闆，這魚太貴了，養不起，我還是學生。你買這隻紅龍，有小隻的，可以賣你一隻六萬，

給你分期一年，每個月五千元。太貴了，不適合學生的我，我買這種魚。這種小魚真漂亮，在 B 區，老闆不太高興的用手指著前面，不耐煩的說，自己去看，看好了，想買幾條再告訴我，看著飛燕看了十分鐘的學生，老闆我買六隻。愛莉，去 B 區挑六隻飛燕給客人，老闆我還要買飼料，老闆又介紹最貴的飼料，一瓶二千元的高營養型飼料，還超大瓶的，愛莉心想六隻飛燕天天照三餐吃，五年都吃不完。老闆太貴了，老闆隨手又拿了一瓶魚飼料就給學生，就這瓶二百元的，很便宜了，老闆看都沒看……。

　　愛莉天天在魚店，私下利用上班時間看《第一次養

　　　　　　　　　　　　　　　　我愛雪莉小姐

魚就上手》長知識，了解飛燕這種魚嘴巴朝上，只會吃浮在水面上的飼料，所以只能用浮餌餵食，習性是喜歡跳躍，魚缸一定要蓋上魚蓋，以防魚跳出去而死掉。

然而老闆給的是專給底棲型魚種吃的，下沈型魚餌，魚種不同，飼料不同，這一點老闆竟然不知道。

是疏忽？還是無所謂？還是故意的？

十天後，魚店陸續發生了狀況……。

小姐，妳們老闆在嗎？老闆不在，等一下才會來店裡，我就在這裡等。不久老闆停好車，進入店裡。老闆，你幾天前賣我的紅龍魚死了，你賣我的魚怎麼就這麼快

就死了，是不是生病了才死的。我賣你的時候可是健康的魚，魚出售了，飼主養死了，關魚店什麼事，老闆大聲說著抽著菸，建議客人可以再買一隻來養，最便宜的小隻八萬，我買的可是大隻的，你賣我二十萬一隻。我第一次養魚，不會養，你還叫我養紅龍最好。我介紹你買紅龍魚，養不養、買不買是你的決定，養不好是你的問題，不是魚店的問題，你第一次養魚，不到二十天就養死了。

你還要再買紅龍嗎？不用了，那我幫不了你，你要在店裡看魚，你自便，花了十幾萬買水族器材，又花了二十萬元買紅龍，養不到二十天，魚就死了，還養什麼

魚，我看回去把水族器材砸了算了，客人氣衝衝的離開了魚店。

老闆若無其事的抽著菸，泡著茶看報紙，愛莉在旁看得心驚膽跳，心想再這樣下去，魚店早晚會關門，又流失了一位喜歡養魚的人。愛莉，我出去辦事，妳看店……。

小姐，妳老闆在嗎？他不在，剛出去……，你不是前幾天才來買飛燕魚嗎？對，我買了六條飛燕，現在剩二隻，飛出去了四條，死了。你魚缸沒有加蓋？沒有！這種魚生性就是會跳，不加蓋魚跳出去當然會死，還有，小姐，我問妳，我的魚一直吃不到飼料，是這一

瓶，這瓶是下沈型的飼料，不適合飛燕吃，這種魚只吃浮在上層上面的食物，飛燕是屬於上層魚，這種餌適合下層魚老鼠魚吃，你可以買幾隻老鼠魚及神仙魚與飛燕作伴，B區的魚適合你，很便宜，愛莉仔細的介紹著，客人很滿意，好，老闆我買魚，神仙六隻、老鼠魚六隻，再買一瓶飼料，這種一百元的就可以了。

一百元的魚飼料是基本營養型的，如果想對魚身體健康又魚身美麗的，這一瓶三百元的不錯，你是客人，你來選擇你的預算。

我買三百元的就好，女老闆，妳的解說不錯，以後我有不懂的，可不可以來問妳？當然可以。我叫小張，

我叫愛莉，不用叫老闆，我只是店裡打工的，歡迎常來魚店以魚會友，謝謝愛莉，小張滿意的離去。

愛莉回到家。雪莉，我明天休假，帶妳出去玩，汪汪汪……

突然，地上爬著一隻蟑螂特別大隻，往愛莉的腳爬了過去，嚇得大叫的愛莉在客廳跑來跑去，雪莉見狀，一口咬住蟑螂，小強一命嗚呼，雪莉真勇敢，還會來保護媽媽，謝謝妳啊，可以吐出來了，我用報紙包起來丟垃圾筒，真噁心，來雪莉，廁所刷牙，沒刷牙不能親媽咪，汪汪汪……汪……。

愛莉帶著雪莉來到了毛小孩餐廳，嗨！志玲姐姐，愛莉，好久不見，這是我的毛小孩雪莉，真漂亮，幾歲了？

妳買多少錢？不用錢，朋友送妳的喔！志玲姊姊問著。

雪莉是我在流浪狗收容中心領養出來的，母的，一點也不像流浪狗，先進來坐，今天有狗友聚餐以狗會友，各位狗友，掌聲歡迎新朋友愛莉與雪莉小姐……。

汪汪汪……汪……。

現場的狗友們帶著自己養的毛小孩，種類真多，博美犬、北京狗、巴哥犬、柴犬、狼狗、吉娃娃、貴賓

　　　　　　　　　　　我愛雪莉小姐

……。

　　雪莉與其他狗不一樣，來自流浪狗中心，其他高貴昂貴的犬隻都是狗友花錢買來的，雪莉特別乖，也不亂叫亂咬，就乖乖安靜的趴在愛莉的腳下。愛莉與狗友聊狗經，也不忘餵食雪莉愛吃的牛肉棒，狗友分享與愛犬的相處過程，只有愛莉與雪莉的故事最令人動容與感動。愛莉，如果沒有妳的出現，雪莉就被安樂死了，就差十秒鐘，聽得現場的狗友頻頻擦眼淚。狗是人類最忠實的朋友，牠的世界只有主人一人，愛牠千萬不要拋棄牠，牠是家中成員一份子，愛牠請照顧牠一輩子。我在附近水族館上班，就在前面第二個路口左轉就看到了，

歡迎大家來魚店參觀，愛莉說著。志玲姐姐，以後有這種活動可以告訴我，以後我常來出席參加，好的，我通知妳，下個月狗友會會長潘嘉嘉會辦第一屆狗小姐選美大賽，看，這個海報，上面有報名日期、地點，第一名可以拍廣告，還有十萬元獎金，還有狗屋，吃一輩子的狗糧不用錢的，雪莉可以去參加，長得這麼漂亮又健康，可以去潘會長的寵物店報名，好，雪莉的食物快吃完了，週六去找嘉嘉詢問一下，謝謝啦！志玲姐姐……。

一定要讓雪莉去參加比賽，妳要不要參加比賽？雪莉，汪汪汪……汪……。

歡迎光臨魚店，是小張喔！愛莉，我帶魚友來買魚，進來看，看要買什麼魚，小張，上次買的神仙魚養得還不錯吧？養得很健康。愛莉，換了魚飼料後，牠們吃得每一隻魚都頭好壯壯，清潔魚老鼠魚二十四小時都在覓食，感覺就像是永遠吃不飽，就像是一台二十四小時不斷電的掃地機，打掃著魚缸，這是小王，他要買魚，小王，妳先看Ａ、Ｂ區的魚，看要什麼魚？愛莉說著。

　　你養過魚，會養魚嗎？我沒有養過魚，也不會養魚，朋友送我一個一百二十公分長魚缸，及所有養魚器材，就缺魚，我比較喜歡大型魚，這隻紅龍不錯，我

買這隻好了，小王，我建議你，你從來沒有養過魚，第一次養就買很貴的紅龍不太合適，應培養一些養魚經驗後，再來挑戰飼養昂貴魚種。

小王，對吧！我跟你說，這個魚店店員愛莉，很會為顧客著想，量身定制，而不是一味的讓客人花大錢買魚，許多不會養魚的魚迷就是花了大錢養魚，又不會養，魚死了後，就不再養魚了。昂貴的魚器材、魚缸不是送人就是丟垃圾般的處理，那我喜歡大型魚，養什麼最好呢？愛莉？

你養銀帶好了，與紅龍同一種，售價也比較便宜，你可以先養銀帶，養出樂趣與經驗後，再來挑戰養紅

　　　　　　　　　　　　　　　　我愛雪莉小姐

龍，我帶你來 B 區看魚……。

這就是銀帶，你可以先從小隻的開始養，你的魚缸適合養大型魚……。

銀龍又稱為銀帶，適合二十二到二十八度水溫，相當容易養，想養紅龍前先養銀帶，養這個魚魚缸上面一定要加蓋，以防牠會跳出來，可以從十五公分左右的幼魚開始養，幼魚體色比較偏藍，長大後越來越呈現銀白色，喜歡活餌，像是麵包蟲、小魚、小蝦，小王，你先養一隻銀帶就好，紅龍一隻八萬八，銀帶只要三百五十元，你看差多少……，等會養了再來買這一隻紅龍，好，等我來買這一隻紅龍，我買這一隻銀帶，給妳錢。愛莉

人真好，人美心地善良。

後天，你就可以來店裡買魚蝦回去餵，幼魚很好飼養，要多吃各種營養的飼料，這一瓶三百的蝦片可以，……謝謝愛莉……。

來，我們拍大合照，拿著銀帶魚，大家記得拍照打卡上傳 FB、IG，三、二、一……大家請微笑。

這一天，愛莉帶雪莉來找嘉嘉……。

嘉嘉，我來買雪莉的狗糧，聽志玲姊姊說妳要辦狗小姐選美大賽，對，下個月舉行，雪莉也可以來報名，一定要報名，要比什麼項目？一、只要是母的就可以參

加；二、造型；三、才藝，報名費要交五百元。

第一名有獎品還有十萬元獎金、獎盃、當廣告代言人，還有這個廠牌的狗罐頭當代言人，免費吃狗罐頭一輩子，趕快報名。本周日就截止了，我現在報名，給妳錢，好，在這先填資料。

愛莉看著雪莉，雪莉妳有什麼才藝要表演？

汪汪汪……，走秀喔！還是表演吃東西，還是表現握手，這些只要是狗界的狗，應該都會吧！也是……

我再買一些狗糧，雪莉愛吃的。比賽地點會在五星級飯店舉行，愛莉，我會再提前通知妳，妳和雪莉回去要準備準備，看要表演什麼？好的，雪莉還要美容洗

澡，雪莉去洗澡，汪汪……。

夜裡熟睡中的愛莉，門外一個竊賊，用萬能鑰匙打開了房門，在屋內的雪莉，狂叫不停，驚醒了在屋內的愛莉，也嚇退了正要進門的小偷，愛莉撥打了一一〇報警，警察馬上來到家裡，並調閱了社區監視器，鎖定了慣竊。如果是闖進來搶劫拿著刀就危險了，這事件引發熱心的里長關心住戶的人身安全，拜託警方一定要趕快破案，警察告訴愛莉，妳這隻小狗真不錯，一直狂叫不停，嚇退小偷。

雪莉，妳真是一隻會看家保護我們的好狗狗，汪汪

　　　　　　　　　　　　　　　　我愛雪莉小姐

⋯⋯。

　　雪莉，最近魚店生意忙，媽媽中午都不能回來，妳從明天開始陪我去魚店上班好了，汪汪汪⋯⋯，妳立了大功，過幾天我們再去志玲姐姐的餐廳吃牛肉飯，汪汪⋯⋯。

　　愛莉牽著雪莉來到店裡，看見已有三、四位魚迷在門口，大家是來買魚的嗎？這麼早來，我們是張少魚友會的會員，看見張少上傳的養魚經驗分享，介紹了這家店，妳就是愛莉吧！你怎麼知道？張少有介紹妳，一位善解魚迷的漂亮女生愛莉，進來吧！還介紹了小王的銀

帶，現在養得很漂亮又健康，我帶你們看 A、B 區的魚，看什麼魚比較合適你們養。雪莉！妳在門口，如果有人來，妳就汪汪叫，不要停，知道嗎？汪汪汪……。

我按照你們的需求及預算來安排可以嗎？

可以，張少推薦支持的，我們也支持。愛莉心想：小張真是夠意思，還介紹生意過來……。愛莉邊想邊介紹魚。

你可以養日光燈一群加上老鼠魚。

你可以養孔雀魚，這種魚會生一堆小魚，最好養。

你可以養火箭，你家裡是大缸，這種魚不可與任何小魚混養，血鸚鵡也不行，會吃小魚……。

這時門口雪莉狂叫……汪汪汪……。

誰家的狗？跑來我的魚店鬼叫鬼叫的。

哇……是老闆，老闆早。雪莉！噓，不要叫。

誰的小狗？老闆！是我的狗。幹嘛帶來這，這是妳上班的地方，又不是小狗上班的地方，明天不要再帶狗來這。

老闆，我先招呼客人，有客人嗎？老闆問著，有，在 A、B 區看魚，叫他們買 A 區的魚……，愛莉聽而不答，還是按照自己的方式銷售魚……。老闆看著雪莉，雪莉抬頭看著老闆搖著尾巴，這時牠發現在前面角落有一隻老鼠，朱老闆拿著拖巴追著老鼠打，但捉不到。就

是這隻老鼠，咬壞了電線，偷吃魚飼料，朱老闆氣得滿場追，雪莉見狀，一路追趕了過去，汪汪叫，追著老鼠，不一會兒的功夫，就從魚缸底下，咬著老鼠走了出來，被一旁的魚迷拍照又拍攝影片，即時上傳了影片上了IG，不到十分鐘，正在魚店附近的張少魚迷會，會友們都跑來魚店，看這一隻英勇捉鼠的雪莉……。

雪莉妳這隻小狗不錯，是一隻會為民除害的小狗。明天開始這隻小狗來店裡上班，牠叫什麼？

雪莉，是母的。老闆對著雪莉說：雪莉，妳明天開始上班，月薪每個月三千元，妳的職責就是負責魚店一切安全，不許任何鼠輩危害魚店，聽明白了嗎？雪莉小

姐，汪汪汪⋯⋯汪⋯⋯。

現場歡聲雷動，掌聲不斷，都被魚友一一上傳FB、IG各大社群⋯⋯。

謝謝老闆，雪莉⋯⋯快，謝謝老闆⋯⋯汪汪汪⋯⋯。

雪莉跑過去對著老闆搖尾巴，老闆一把抱起雪莉，真是很乖又聰明的狗⋯⋯。

對了，老闆，你要來幫忙捉魚，我把A區的鱷魚火箭賣出去了，妳是說那一隻三萬五的火箭，對啊老闆，賣出去了，誰買的？

在一旁的魚迷舉起了手，我買的，老闆看著瘦小的

魚迷，突然微笑著，謝謝老闆買魚，老闆想著，這條魚我賣了三年，沒人要一直賣不出去，光這條魚三年伙食倒是吃了我一萬條小魚，真是賠錢貨，今天總算賣出去了⋯⋯。

客人這條大魚太大了，你帶不走，我用貨車送去你家，你等一下，一起去你家⋯⋯。

愛莉、雪莉看店⋯⋯。

好的老闆。

我去送貨⋯⋯汪汪⋯⋯汪⋯⋯。

雪莉妳怎麼一直在打噴嚏、流鼻水、咳嗽，連晚餐

也吃不下，妳是不是感冒生病了，都沒精神？等一下去看周醫師，飯還是吃不下去嗎？連媽咪叫妳都沒有太大反應，等一下就下班了，去看病……。

愛莉帶著雪莉來到診所。

周醫師，雪莉怎麼了？

生病了，打一針就好。

狗生病的感染途徑，空氣是主要的傳染方式，狗只要生病咳嗽、打噴嚏，噴出的病菌是會傳染給其牠狗的。

生病時會出現的症狀，狗會不斷的咳嗽、流鼻水，會出現結膜炎式或口腔黏膜充血現象，如果幼犬抵抗力

較差會容易死亡。

有什麼方法預防？趕快帶狗去注射流行性感冒疫苗，狗屋一定要保持清潔。

妳家的狗屋，有時常打掃及消毒嗎？

需要嗎？愛莉問著。妳說呢？醫生說著。

當然需要常常打掃⋯⋯。

回去後趕快打掃消毒。狗才會健康。

雪莉進來打針，我會給妳藥及消毒用品帶回去。

回去第一件事就做這件事，打個針，休息一下，牠就沒事了，謝謝周醫師⋯⋯。

愛莉回去後遵從醫師指示，清潔了狗屋，打了針的雪莉已開始恢復元氣，好點了嗎？雪莉，汪汪……。

　　會回應表示應該沒事了，要不要吃東西，汪汪汪……，吃牛肉棒，看妳舌頭吐這麼長，口水流滿地了，吃吧！我也來煮個麵來吃……。

　　下個月還要參加選美比賽呢！雪莉會什麼才藝呢？

　　明天開始受訓，除了基本的，是狗都會的握手，看還會什麼。

　　吃完早點睡，明天早上還有人要來買魚。

　　愛莉看著手機，成立了愛莉魚友會，把魚迷通通加入這個社群，方便服務魚迷的問題……。

好啦，想買魚的魚友明早見……。

雪莉，還有沒有流鼻水，我看看，汪汪……，妳病終於好了，周醫師醫術高明，今天我們要準備才藝，看要表演什麼？

愛莉手拿狗餅乾，雪莉妳只要做對了，就可以吃餅乾，左手，右手，握手右手……只要是狗都會。這太簡單了。

我看過電視上有狗會找東西，妳也來試試看，雪莉看，我把這個狗骨頭玩具拿去藏起來，去找出來，先坐在這別動，先聞一聞，我去藏東西，藏好了，雪莉再去

找出來，汪汪汪……。

等我按電子表計時，準備，開始，雪莉去找。

不會吧！四十秒，是不是手錶壞了，還是每一隻狗天生就會。

再來，去找我手上這隻筆好了，聞一聞，別動，愛莉把筆藏在魚缸區，現場有大約三十組魚缸，放入其中一組的抽屜內，雪莉，去找。

雪莉一直在地上聞，雪莉一直逐步接近魚缸區。

還是我手上有雪莉最喜歡吃的牛肉棒的味道，黏在筆上。

哇！天才神狗，一分十秒就找到，鼻子真靈。

汪汪⋯⋯這是妳的才藝嗎？雪莉！汪汪⋯⋯。

老闆，買魚，來了，需要什麼嗎？小魚一百元，蝦子一百元⋯⋯。

這餅乾，給雪莉吃⋯⋯。

小張，怎麼有空來店裡，正好經過，帶來珍珠奶茶，給妳喝。謝了，現在你的魚怎樣了，每隻都健康得不要不要的，按照妳的方式養魚，魚都很正常。謝謝你，小張，你一直在介紹生意給我。老闆我買這個魚，這是麗麗魚，很溫和的魚，群養很漂亮，你要買幾隻？買十六隻好了。

老闆我要買魚飼料，這一瓶五百元的，小張，怎麼你一來，客人都來了，老闆買小蝦子三百元，我幫妳愛莉，好，雪莉去門口看門，汪汪汪⋯⋯。

晚上老闆與愛莉開會⋯⋯。

愛莉，我看了這個月的帳，A 區的魚賣得不好，反而 B 區的魚銷售的還不錯。客人需要去培養，A 區很多的魚都是昂貴的魚，不合適新手來養，當新手有經驗有樂趣了，就可以來買 A 區的魚，愛莉說著。

越是新手，我們就要去賺他錢，他不會養最好，買去了，養死了，再來買⋯⋯，兩人又開始口舌之爭，老

闆，新手魚迷魚死了，他就會沒成就感，可能就不養了，A區還有紅龍還沒賣出去，只賣出一條銀帶，還是B區的。老闆生氣的說，養銀帶的魚迷，他會養後，自然會想來養紅龍，愛莉理直氣壯的回答著，我不想和妳爭，反正我是老闆妳是員工，聽我的，就對了……。

如果到月底，還沒有把A區的紅龍賣掉，妳與雪莉下個月就不用來上班了，聽見了沒有？老闆發狠話，翻臉了。

愛莉晚上回到家。在魚店與老闆理念不合，真是麻煩，感覺在魚店越來越不快樂了。雪莉，妳還有什麼才

藝，汪汪……跳高，妳跳不高，妳吃東西又不快，如果有大胃王大賽妳一定會輸，外型妳打扮打扮還算漂亮，走秀走台步看看，一步步走，別走太快，來雪莉，走，也一般，走台步，算什麼才藝，我想雪莉就用找東西的才華好了，我們再來練習。

找我手上的手錶。雪莉，看好、聞好，愛莉把錶藏在冰箱。

雞蛋盒內，雪莉也是在一分鐘內找出來的。

雪莉，原來妳的才華就是找東西，超厲害喔！汪汪……汪……。

喂！愛莉，我是嘉嘉，雪莉的比賽號碼下來了，是

三十五號，下個月十號下午一點半到太陽飯店二十樓報
到比賽。

　　準備一項才藝就好，什麼才藝都可以，我知道了，
謝謝嘉嘉。

　　雪莉要趕快準備才藝，如果比賽吃東西吃最慢，雪
莉應該可以得冠軍，哈哈哈……沒有這種小胃王大賽
……。

　　早點來比賽現場，別遲到了，知道了……。

　　正在清洗魚缸的愛莉，雪莉門口汪汪叫，有客人了，
是小張。愛莉，我帶幾位魚友會會友來買魚，這是愛莉，

大家好，歡迎參觀。愛莉妳在忙？我正在洗魚缸，我這很熟了，我帶他們先進 A、B 區，謝了，小張，A 區的紅龍還沒有賣出去喔！這一條八萬八千元，有新人要買我不賣，這一條要賣會養的魚迷，不會養的，買回去，養沒多久，我怕紅龍被養死了，你們先看一下魚，我這快好了……。

有沒有想養的魚？

愛莉，我家已有金波蘿，可以與什麼魚混養？

飛船可以，不可與日光燈小型魚養一起，泰國鯽就可以。

我要買銀板八隻。

我買四間十二隻，你四間要與什麼魚混養愛莉問著，與神仙魚混養，那不行，四間會咬神仙魚尾巴，你買別的。

　　電光美人、紅鼻剪刀、紅劍、大斑馬、銀板，都可以混養。

　　買電光美人二十隻，大斑馬三十隻，老鼠魚二十隻……。

　　我買銀帶一隻，小張你要養銀帶，對，我先養銀帶小隻的，過幾天再來買這一隻紅龍，你養魚也養一陣子了，有經驗了。可以。

　　愛莉，這一套四尺缸多少錢？

這一組一萬五千元，給你打八折，一萬二千元，我買，其他配備都不用，家裡有，好，這一套魚缸明天送貨去你家，這一套魚缸先買回家準備來養紅龍，這一條銀帶養在另一個魚缸。

　　拍照，大家一起拍照，我們又來愛莉這買魚了，雪莉呢？

　　雪莉，快過來，一起拍照，汪汪……我抱妳雪莉，小張一把抱起，上傳 FB、IG，大家分享出去……。

　　到月底，還剩下六天……。

　　雪莉走，我們去找志玲姊姊。

志玲姊姊，愛莉、雪莉。

汪汪……。

志玲姊姊抱起雪莉，汪汪……。

嘉嘉有跟我說，雪莉要參加下個月的比賽，是啊！下個月，已經在準備了，先來二個套餐好了，A餐。

志玲姊姊我問妳，快樂是什麼？

快樂是做自己喜歡做的事情，不受約束，快樂對每個人的定義不同，方式不同，每個人想要的也會有所不同。我的快樂是看見有這麼多的毛小孩，來我店裡吃飯，看見毛小孩吃飯的樣子，我就感覺很快樂；我都四十歲了，沒結婚，也沒小孩，就一個人開著這家店，上

班下班，上班下班，不是在店裡就在家裡，我就像是這些毛小孩的乾媽一樣。

對不對雪莉？汪汪汪……汪……。

妳看雪莉吃牛肉套餐，吃得多高興。

這次的比賽很重要，許多狗爸狗媽都去報名，冠軍可以拍廣告當狗明星，所以，雪莉，要加油喔！媽媽看好妳得冠軍。

志玲姊姊祝雪莉得冠軍，汪汪……汪……。

真好，冠軍得十萬，拍廣告，連我愛莉都想參加了。

現在的狗真好命……。

比賽的日子越來越接近，愛莉也一直在重覆練習。

雪莉的才藝是找東西，已經可以在一分鐘內找到任何指定物品，雪莉有沒有信心得冠軍，汪汪……汪……我們一定要得冠軍、拿獎金。

今天是月底最後一天，愛莉很清楚，紅龍賣不出去，今天就是最後一天上班了。我的原則還是不會改變，能不能賣出去，隨緣不強求，平常心上班，做該做的事情，雪莉，我們要開心快樂過每一天，來，媽咪抱抱。

汪汪……汪……汪……。

今天，我們很可能是最後一天上班喔！

歡迎光臨魚店，請參觀，客人需要什麼再告訴我。

老闆，我買神仙魚的飼料！這些都是飼料，神仙魚可以吃，上面有價錢，您可以參考，這款不錯，很多魚迷買，用過都說好，是專為神仙魚設計的飼料，深受魚迷喜愛，魚也吃得很健康又營養，飼料含有獨特專利生物活性配方，可以延長魚隻壽命及促進健康，並增進魚隻的外觀魚身顏色。你餵魚一日可以二次，每次以魚能在三十秒內吃完最好，餵多了，會水質污染，您有養老鼠魚嗎？老鼠魚是神仙魚的好朋友。可以清底層的飼料，清潔魚缸，你缸多大？

三尺的，有養什麼魚？我只有養一群神仙魚，其他

沒有。

三尺缸只養神仙有點空，可以再養一些魚，大隻的玻璃貓、大斑馬可以與神仙互養，這種就是玻璃貓，全身透明的，很漂亮，有水草嗎？有，好，我買玻璃貓二十隻，大斑馬二十隻，老鼠魚二十隻……。

晚上八點，老闆在辦公室看報表，清楚知道魚店自從愛莉來了後，生意可以說是非常好，困擾多年的鼠患也被雪莉消滅了。

老闆心想既然現在生意這麼好，我再找一個便宜的員工來上班就好，店裡也沒有老鼠了，幹嘛還要多花三千元請雪莉來上班。殊不知開除愛莉這個作法的後果，

老闆會因小失大，進店消費的客人都是衝著愛莉來的……。

愛莉，老闆現實的嘴臉說著。

今天是妳最後一天了，Ａ區的紅龍還是沒有賣出去，妳就上班到今天，明天開始不用來上班了，妳薪水五號會匯到妳的帳戶，至於雪莉也不用來了……。

妳可以回家，下班了。

愛莉與雪莉正要走出去，小張帶著魚迷進來魚店。

小張你怎麼來了？

愛莉，我來買我上次說的那一條紅龍魚。

你要買紅龍……對……汪汪……汪……雪莉大叫

著。

好，進來買，老闆看著客人，看著愛莉，不說一語，抽著菸看著電視正播出宮廷劇。

小張現在的養魚經驗我放心，所以放心把紅龍賣給你養，愛莉給你錢，愛莉小心的撈起紅龍給小張，你要拿好……回去好好養。

小張我帶你來櫃台付錢，老闆，紅龍我賣出去了，給你八萬八千元。

愛莉，我先走了，帶紅龍回去，好，小張，我們再保持聯絡。

魚缸上記得一定要加上蓋子，以防止紅龍跳出去，

我知道了。愛莉，謝謝提醒我。

老闆開心的數著八萬八千元，愛莉妳賣出去了紅龍，妳不用離職了，明天繼續上班。不用了！老闆我已經下定決心，不做了。

雪莉，我們走，汪汪汪汪汪……。

愛莉頭也不回的離開魚店。

雪莉發出抗議的怒吼，汪汪汪……。

雪莉，走，去慶祝離開工作不開心的魚店。

我們去找志玲姊姊……。

雪莉、愛莉，妳們來啦，志玲姊姊招呼著！汪汪

⋯⋯。

妳們還是吃牛肉套餐？對的，志玲姊姊。

怎麼感覺妳心情不是很好的樣子。

等一下吃了志玲姊姊的療癒食物，心情就會變好了。愛莉一五一十把在魚店工作的情形，告訴了志玲姊姊。所以今天是最後一天上班，志玲姊姊也給出了一些看法，當老闆會有許多的想法，員工也會有自己的做法，但是⋯⋯

最後的決策權是誰？誰來做決定？

所以要向擁有決策權的人負責，老闆會有自己做事的方法，只有自己當了老闆才能夠去體會一個公司的生

我愛雪莉小姐

存不易，但是最重要的是工作很開心非常重要，像我沒結婚，沒男友，沒孩子，孤身一人守著這家店，店裡天天都有人來，很熱鬧，才能暫時排解我在夜深人靜一個人時的孤獨感與不安。

愛莉邊吃邊聽著……。

志玲姐姐邊喝咖啡訴說著……。

善解人意的志玲姊姊，怕愛莉沒有了工作，離鄉背井，出門在外，沒有了收入怎麼辦？如何生活？

找不到工作怎麼辦？

沒錢付房租，怎麼辦？

愛莉，妳來我店裡上班好了。

正在專心吃著美味牛肉飯的愛莉。

啊！來上班，對啊！我店裡需要人手，妳又剛好離開魚店，這不是剛好嗎？志玲姊姊看著愛莉。

愛莉清楚知道志玲姊姊想幫她，克制不住自己的內心激動，一把抱住志玲姊姊，哭了起來，把委屈都宣洩出來，雪莉看著愛莉哭，也情不自禁的哭了……。

怎麼我們兩個都在哭？

不哭，不哭，吃飯，吃飯。

我們都是一家人，有姊在，揮別不愉快的過去往前走，明天妳們開始來上班。

小張來到了魚店，看見老闆在店裡，奇怪怎麼沒看見愛莉與雪莉，老闆，愛莉在嗎？

　　她離職，不做了。

　　前幾天我才剛來買魚，愛莉不做了？

　　老闆不耐煩的看著小張……。

　　小張走出了魚店外，打手機給愛莉。

　　喂，愛莉，妳不在魚店上班了？小張，我已離開了魚店，你現在來志玲姊姊的店找我，店名叫什麼？

　　叫志玲姊姊的店，好，我現在馬上過去找妳。

　　小張到了店裡。

怎麼突然就不做了，愛莉。小張看著愛莉。

愛莉告訴了小張，與老闆理念不合，我的原則是要教魚迷用量身定制的方式來養魚，而老闆硬是推銷最貴的給客人，規定我一個月內要把紅龍賣掉，你來店裡買紅龍的前三分鐘，我才剛被老闆開除，你一來又說要買紅龍，紅龍賣出去了，老闆又叫我不用走了，繼續留在店裡上班，我不要，還是不做了，因為不開心，小張，你覺得我對魚迷的做法是錯的嗎？

是對的，愛莉，消費者的需求才是業者最重要的收入來源，否則只有倒閉一途。

許多的魚友還不知妳離職的事情，我先拍個照，來

　　　　　　　　　　　　　　　　　我愛雪莉小姐

雪莉，愛莉抱著雪莉，我們去店門口拍。

　　小張拍完相片，馬上就把消息上傳去 IG、FB 群組告知了所有人，大家一片支持讚聲，不到一小時，來自四面八方的朋友，都來到了志玲姊姊的店來聲援。哇，我的店，怎麼這麼多人來……，志玲姊姊，我們知道妳幫助了愛莉，謝謝照顧我們的好朋友愛莉與雪莉。

　　今天是愛莉上班的第一天，我們全部都是來消費捧場的。

　　志玲的一個善心念頭，也帶動了店裡的整體業績及品牌效益。店裡生意越來越好，許多的人指定要來與雪莉拍合照，就像明星狗一般，現場還會有才藝秀，雪莉

來表演絕活，雪莉可以在六十秒內找出大家藏起來的物品。客人拿出千元大鈔，只要雪莉能找到這一千元，就是雪莉的了，好，一千元給我，雪莉，仔細聞一聞，等一下找出這張紙鈔。

汪汪汪……汪……。

你去藏起來，我與雪莉背對著你，都看不見。

客人拿著錢，藏在了廁所門口的花盆下。

我藏好了。

雪莉，去找，汪汪……。

大家聚精會神的看著電子錶上的數字，一秒一秒的變少，而雪莉用敏捷靈敏的嗅覺，像雷達般的掃描著，

還剩下十秒，九、八、七、六。

愛莉看著雪莉，很有自信的相信雪莉一定能做到。

六、五、四、三……。

汪汪汪……，雪莉用前腳一直挖著花盆。

愛莉跑了過去，把花盆移開，拿起一千元。

雪莉，妳的加菜金有了，汪汪汪……雪莉就是這麼聰明，真是太厲害了，雪莉可以當偵探狗了，專門找老公的私房錢，為太太們服務，這個工作不錯。志玲姐姐在現場看得入神，這個才藝成為了店裡的招牌活動，店裡的特色，因為剛剛的一切，都被現場的客人用直播方式播送出去了，造成網路話題，大家網友一傳十，十傳

百方式，爭先恐後的要來店裡看這一隻神奇的狗。

消息傳到了電視台，台裡派出了 SNG 車新聞報導，記者來到現場連線報導。

那不就是雪莉與愛莉？正在店裡看新聞報導的朱老闆，因為愛莉與雪莉的離開，客人大量流失，才知道原來生意好，是因為愛莉與雪莉就是店裡的活招牌，不在了，就沒人來了，大家都是因為她們而來的，朱老闆看著收支單，如果店裡還是沒有人來買魚，月底鐵定關門，倒閉了。

愛莉，我是嘉嘉，後天就要比賽了，雪莉準備好了

嗎？

　　準備好了，記得一點來報到，是三十五號，二點開始比賽。

　　好啊，我明天帶雪莉去店裡美容一下，後天早上還要去店裡做造型，我想好了，用女超人造型。

　　愛莉，後天雪莉要比賽，明後天先休息做準備，後天店裡休息，全體員工都會去比賽現場加油支持，現場的客人，我們都會去，全體舉杯，預祝雪莉得冠軍，冠軍、冠軍……。

　　小張來電，愛莉，我會號召魚友去現場支持的。

　　謝謝大家的支持，志玲姊姊，謝謝妳，妳真是我的

好姊姊。

雪莉，我們加油！

汪汪……汪……。

到了比賽的這一天……。

一身神力女超人造型的雪莉來到比賽現場……。

報到，三十五號雪莉，請到選手區休息等候。

志玲姐姐、小張，妳們先去找位置坐。

我和雪莉先進去了，加油！加油！得冠軍。

這是一定的，汪汪汪……。

距比賽前十分鐘……。愛莉看著雪莉。

雪莉，我們這一陣子的練習，等一下就要驗收了，我們盡力就好，平常心，我們就算沒有冠軍也沒有關係，也就是沒有十萬元，不能當廣告代言狗，沒有一輩子吃不完的好吃牛肉飯而已，免費吃一輩子喔！最好是得冠軍啦！這一切就都有了，行嗎？有信心嗎？雪莉看著愛莉，大叫了起來，汪汪汪汪汪……。

加油！雪莉……。

我們一定得冠軍……。

其他狗主人及狗一臉不屑的看著她們。

憑妳們也想得冠軍……。

主持人宣佈活動開始……。

歡迎活動評委團，評委目前都是在狗界享有一定的專業聲譽的專家，歡迎贊助廠商代表。今天的冠軍得主，將可以得到廣告代言狗合約三年，以及贊助一輩子的狗食，無限量供應，天天吃到飽。

主持人歡迎所有參賽狗及主人進場。

由評委團公佈比賽內容，評分標準：

一、走台步及展示造型。

二、表演才藝。

主持人宣佈……

第一屆狗小姐選美大賽，正式開始。

一號上台。

主人自我介紹及介紹狗，開始。

一號是一隻狼狗，表演才藝是握手及坐下。

這條狗竟然現場緊張得尿了起來。

被台下的觀眾噓了下去……。

八號狗是一隻博美犬，一身護士服的造型，表演口咬針筒，打針，打主人（現場評委團搖搖頭的打著分數）。

十六號選手是一雙聖伯納犬，只見主人拿出一個大臉盆，裝滿了狗食，一聲令下，叫狗全部吃完，現場逗

著觀眾哈哈大笑，連評委也笑了起來，這是什麼才華，主人應該餓了狗三天了吧！

二十四號選手是一隻會用雙腳走路的狗。

二十八號選手是一隻柴犬，表演的才藝是會一直轉圈圈，看得評委頭都昏了。

三十號選手是一隻雪納瑞，與主人合唱一首歌，周杰倫與費玉清的〈千里之外〉。現場只聽見一直搶拍的狗，汪汪汪……評委分不清誰唱周杰倫誰唱費玉清。

三十五號！輪到雪莉了。

一身神力女超人勁裝進場，打分數打得都已不起勁

的評委，眼睛都亮了起來。

這個狗選手氣勢好強，雪莉展示了造型及表演走秀。

主持人訪問了狗主人，三十五號選手雪莉要表演什麼才藝？

雪莉的才藝，是可以找出評委藏起來指定的物品，並且在一分鐘內完成。

評委團代表這下有精神了。一分鐘以內？心想怎麼可能，又不是靈犬萊西，萊西還是一隻牧羊犬，而三十五號只是一隻小隻的瑪爾濟斯犬，肯定不是萊西的後代……。

評委團總評委拿出自己的皮夾出題，在一分鐘內找出這個皮夾，主持人接過了皮夾，交給了愛莉，愛莉拿著皮夾給雪莉仔細的聞了起來，雪莉 OK 嗎？汪汪汪……汪汪……。

皮夾交給了評委，主持人示意狗主及選手進入小房間以防偷看。評委在人群中，把皮夾放在了現場工作人員身上，坐回了評委席，可以了主持人，選手請就位，狗主請準備，現場準備倒數計時，十、九、八、七。

現場鴉雀無聲，只剩下愛莉與雪莉的心跳聲，一切的景像彷彿都是慢動作在進行中。

三、二、一……開始。

雪莉，去找，快……。

汪汪汪汪汪……雪莉飛快的用鼻子在地上找尋著皮夾氣味的路線，主持人宣佈還有三十秒。

雪莉衝進人群，一直聞，一直聞……。

主持人告訴觀眾，選手過來時，請大家都不要動，以免用腳傷害到選手，還剩二十秒……。

雪莉加油！現場的志玲姊姊、小張、魚友們舉著雪莉小姐加油布條，加油著。

還有十秒……。

雪莉飛快的跑著、聞著，不漏掉皮夾的一絲氣味。

九、八、七，現場觀眾一同倒數。

愛莉大喊雪莉加油！

現場評委也看著，觀眾直播播送著，竟然吸引了二百多萬人同時收看。

六、五、四⋯⋯。

快，雪莉⋯⋯。

三、二⋯⋯

雪莉停在了一位工作人員腳下，一直叫，汪汪汪⋯⋯現場暫停了計時，主持人與愛莉跑去這位現場工作人員身旁，主持人搜出了身上的皮夾，找到了，找到了，三十五號選手在最後的一秒鐘，找到了皮夾⋯⋯。

現在休息十分鐘，由評委團統計分數，十分鐘後公佈成績。

雪莉與愛莉進入了休息區，雪莉妳表現太好了，媽咪為妳驕傲，剩下最後的一秒終於找到。

妳故意的喔！製造現場緊張氣氛喔！

汪汪……汪……汪……。

主持人宣佈，請所有三十五位選手上台。

主持人邀請評委團總評委上台。

主持人邀請廠商代表上台。

各位現場嘉賓，在我手上就是今天參賽者的成績。

現在宣佈第三名……。

現在宣佈第二名……。

大家覺得第一名冠軍得主是幾號選手？

二號、八號、二十五號、三十五號、十六號……。

現場觀眾都有自己支持的選手。

請總評委上台公佈冠軍得主。

經過評委團公平公正的評分……

我宣佈，冠軍是……

三十五號選手，雪莉！

哇！哇！哇！得冠軍了，得冠軍了。

台下的志玲姊姊、小張開心的跳了起來，雪莉太棒了，太棒了，得冠軍了……。

　　請三十五號選手及主人接受頒獎。

　　獎金十萬元，冠軍獎盃一座，知名狗糧廣告代言三年合約，免費一輩子的無限量狗糧。

　　現在，請得主致詞得獎感言，愛莉抱著雪莉上台……

　　非常開心能夠得到冠軍，與雪莉的結緣是在流浪狗收容中心，雪莉是一隻流浪狗，當時正準備要送去安樂死，卻在最後一刻，我發現了牠，領養了牠，如果當時

我沒有發現牠，牠是不是已經被安樂的處死了（現場一片安靜，大家都哭了）。狗狗是人類最好的朋友，沒有養過狗的我，一直不明白這句話的意思，有了雪莉後，才知道原來的道理，牠不嫌主人有錢沒錢，牠不嫌你餵牠什麼貴的便宜的食物，只要是主人給的就接受，牠曾經把小偷嚇跑，保護了我……。狗的世界只有主人，而身為主人的我們，又帶給了狗什麼？常常在街上看見許多的流浪狗，被主人丟棄在路邊，在山上，任其自生自滅，或者與雪莉的身世一樣，被捉去流浪狗收容中心，沒有人認養，時間到時，一刻不等狗，馬上安樂死，又有多少的流浪狗雪莉被人領養，重新展開新生命，愛牠

請保護牠。

照顧牠一輩子，牠不是狗，牠是你的家庭一份子。

愛牠請好好照顧牠一輩子，不要丟棄牠，愛莉流著淚說著：請用領養代替購買。

謝謝台下我的好朋友志玲姊姊，在我被水族館老闆開除的當晚，當我在吃著好吃的牛肉飯時，強顏歡笑的想著，下個月的房租怎麼辦時，幫助了我。我是一個北漂女青年，在都市生活不容易，謝謝志玲姐姐，也感謝小張，我在魚店上班時的幫助，找了好多的魚友來向我買魚，沒有你們的幫助，我與雪莉不會站在這裡，這張十萬元的支票獎金，我將會捐出，捐給真正在做事情的

關懷照顧流浪犬的公益團體。

　　現場觀眾被愛莉的一番話而感動的流下淚，主持人也頻頻轉身擦淚水，連評委也不例外。

　　全場掌聲不斷……。許多新聞媒體以及社群網站都在爭相報導愛莉與雪莉的故事。

　　吸引了多家出版商，要出版愛莉與雪莉的故事，也有電影公司來洽談版權，要拍雪莉小姐的故事。

　　愛莉的手機響不停……。

　　得獎後的第一天，雪莉的獎盃放在志玲姊姊的寵物

餐廳，成了鎮店之寶。志玲姊姊當起了愛莉與雪莉的經紀人，成功授權了出版商、電影公司、出版小說，及拍攝真人真事電影，這一天店裡舉行慶功宴。

店裡來了很多的人，來祝賀及送雪莉禮物，志玲姊姊開心的說，雪莉是我們店的鎮店之寶，謝謝大家。謝謝志玲姐姐，謝謝雪莉……，汪汪汪……。

愛莉與雪莉在回家的路上，經過了之前上班的魚店已拉下鐵門，貼著招租中……。

喂，愛莉，是小張喔！

愛莉妳現在來找我，好，地址給我。

愛莉騎著機車與雪莉來到小張指定的地方。

這是什麼地方？

拉下的鐵門，被布遮進的招牌。

後方一台黑色勞斯萊斯、一台紅色法拉利開了過來，停在了門口。

小張從法拉利下了車，小張，你怎麼開這麼貴的車，去什麼地方租的？應該不少錢吧？

勞斯萊斯下來了一位先生，走了過來，老爸……。小張叫著。

這位就是愛莉，這是雪莉，妳好，愛莉。

都進來吧！老爸的手下打開了鐵門。

愛莉被這眼前的一幕嚇到了，這不是一間水族館嗎？

愛莉，我告訴了我爸妳的事，妳教我如何養魚。

雪莉看著魚缸的魚，這隻紅龍不就是我賣你的那一隻嗎？

我第一次養的魚，飛燕、神仙、老鼠，都在這一缸，還健康的快樂生活著。

爸爸聽說了妳與雪莉的故事，支持我創業，我現在找妳愛莉一起合作，這間店投資了二千萬，妳佔三十％的股份，妳來負責當總經理，把妳的養魚經驗及教大家輕鬆養魚的方式宣導下去。我相信養魚的魚迷一定會越來越多的，會帶動整體水族市場經濟。

明天早上十點正式開幕，我已邀請了許多朋友來捧場，我爸也邀請了社會名人、上市公司企業家來⋯⋯。現場律師拿出了合約書⋯⋯。

　　一個真心對待客人的舉動，延伸出今天的結果，是愛莉想不到的，自從領養了雪莉，愛莉的人生有了巨大的改變。

　　這一天水族館開幕了，志玲姊姊也來了，貴賓們在主持人的介紹下剪彩，手上抱著雪莉的愛莉一身洋裝現身，小張牽著愛莉的手，與身穿神力女超人裝的雪莉一同剪彩⋯⋯。

工作人員在主持人倒數三、二、一下，拉開了遮住招牌的布……。

　　現場觀眾人山人海，新店開張第一天，愛莉宣佈來店禮，每人送二條孔雀魚。

　　店名就叫：愛莉與雪莉水族館。

　　小張，你的創意真是特別，想到這個名字。

　　愛莉與雪莉的故事將會在魚界、狗界中流傳下去。

　　雪莉，對不對？

　　汪汪汪……汪……汪……。

　　　　　　　　　　　　　　　　　　（待續）

大好文學 4

我愛雪莉小姐

作　　者｜高小敏
出　　版｜大好文化企業社
榮譽發行人｜胡邦崐
發行人暨總編輯｜胡芳芳
總　經　理｜張榮偉
主　　編｜古立綺
編　　輯｜方雪雯
封面設計｜陳文德
美術編輯｜張小春
行銷統籌｜胡蓉威
客戶服務｜張凱特、張小葵
通訊地址｜11157臺北市士林區礦溪街88巷5號三樓
讀者服務信箱｜fonda168@gmail.com
讀者服務電話｜02-28380220、0922309149
讀者訂購傳真｜02-28380220
郵政劃撥｜帳號：50371148　戶名：大好文化企業社
版面編排｜唯翔工作室 (02)2312-2451
法律顧問｜芃福法律事務所　魯惠良律師
印　　刷｜鴻霖印刷傳媒股份有限公司　0800-521-885
總　經　銷｜大和書報圖書股份有限公司 (02)-8990-2588

ISBN　978-986-97257-2-9（平裝）
出版日期｜2019年3月15日初版
定　　價｜新台幣200元
All rights reserved.
Printed in Taiwan

國家圖書館出版品預行編目資料

我愛雪莉小姐 / 高小敏著. -- 初版. -- 臺北市：大好
文化企業, 2019.3

144面 ; 15×21公分. -- (大好文學 ; 4)

ISBN　978-986-97257-2-9（平裝）

857.7　　　　　　　　　　　　　108000103